AF233677

DOM PÈDRE,

A

INÈS DE CASTRO.

HÉROÏDE.

Par M. BERTHRE DE BOURNISEAUX,

Du Musée de Paris, & Correspondant de ceux de Toulouse & de Bordeaux.

A MADRID,

Et se trouve **A PARIS,**

Chez DEBRAI, Libraire, au Palais-Royal, N°. 235.

Et chez les MARCHANDS DE NOUVEAUTÉS.

M. DCC. LXXXVIII.

A

MADAME

LA COMTESSE DE J. A. **.

MADAME LA COMTESSE,

La permiſſion que vous m'accordez aujour-
d'hui, met le comble aux bontés dont vous
m'honorez. L'illuſtre nom qui paroît à la
tête de cette Héroïde, ſemble me promettre
d'avance qu'elle aura quelque ſuccès ; elle
en aura ſans doute un bien grand à mes yeux,
ſi vous daignez l'agréer, & regarder l'of-
frande que je vous en fais comme un témoi-
gnage du profond reſpect avec lequel

J'ai l'honneur d'être,

Madame LA COMTESSE,

Votre très-humble &
très-dévoué ſerviteur
BERTHRE DE BOURNIZEAUX.

AVANT-PROPOS.

Tout le monde connoît l'aventure touchante d'Inès de Castro, ses amours avec Dom Pèdre, & la fin tragique de cette Amante infortunée. Je n'entrependrai donc point ici de faire le détail de ses malheurs. Cependant comme il pourroit se trouver des personnes, qui n'auroient qu'une connoissance insuffisante de son histoire, j'ajouterai à ce que je dis dans mon Argument, qu'Inès de Castro, issue d'une des plus anciennes familles de Portugal, vivoit, suivant la plupart des Auteurs, dans le treizième siècle. Ses Parens, attachés à son éducation, l'avoient, pendant long-tems, éloignée de la Cour; mais dès qu'elle y parut elle effaça bientôt toutes ses rivales ; Dom Pèdre, l'héritier présomptif de la Couronne de Portugal, la vit, l'aima, & eut le bonheur de ne la pas trouver insensible à son ardeur. Il trouva le moyen de s'évader avec elle de la Cour, & d'aller se cacher dans un Château isolé, bâti sur les bords du Mondego ; c'est-là

A 2

qu'un hymen fecret cimenta leur union.
Il y refta quelque tems inconnu à toute la
terre, ne vivant que pour Inès, mettant
tout fon bonheur dans fa poffeffion. Mais
ces jours paifibles & fans nuage difparurent
bientôt; Alphonfe apprit enfin leur retraite;
craignant que les plaifirs de l'amour n'éner-
vaffent le courage de fon fils, il entreprit
de le féparer de fon Amante, & de le rendre
à la gloire, qu'il fembloit avoir oubliée
dans fes bras. Il propofe à Dom Pèdre les
partis les plus avantageux; mais ce tendre
Amant inébranlable, refufe de porter d'autres chaînes que celles de l'Amour; alors
Alphonfe irrité, ordonne qu'on lui amène
Inès. Inès, arrachée des bras de fon Amant,
fe préfente au Roi avec l'appareil le plus
touchant. Alphonfe ne peut réfifter à la vue
de tant de charmes: une voix fecrette lui
parle en faveur de l'innocence; déjà des
larmes couloient de fes yeux; encore un
moment Inès triomphoit: quand, indignés
de la foibleffe du Roi, fes barbares Courti-
fans tirent leur glaive, & percent de mille
coups cette victime innocente, qui n'avoit

d'autre crime que celui de l'amour le plus légitime. Telle fut la fin tragique de cette Amante malheureuse, si digne d'un meilleur fort. Elle tombe sous les coups de ces Chevaliers dont le nom seul sembloit devoir la garantir d'une mort aussi affreuse. Telles étoient pourtant les mœurs de ces tems que l'on ne cesse de nous vanter.

Ce sujet intéressant, déjà traité avec tant de succès par l'Auteur de la Lusiade, a été, pour M. de la Motte, celui de la touchante Tragédie *d'Inès de Castro.*

Après ce que ces deux Auteurs en ont écrit, puis-je espérer que le Lecteur me pardonne d'avoir voulu semer ainsi quelques fleurs sur le tombeau de cette Amante infortunée. Si quelques motifs pouvoient le déterminer à l'indulgence, qu'il sache que c'est à l'âge de dix-huit ans, que l'Auteur, frappé de la triste situation de Dom Pèdre, confiné dans un Château, qui, depuis qu'on lui a enlevé Inès, n'est plus pour lui qu'une affreuse prison, entreprend d'en faire une éſquiſſe ſans doute bien foible. Si cependant l'on y apperçoit quelques germes de talent, il ôſe eſpérer qu'on voudra bien l'encourager.

Je n'entreprendrai point ici de juſtifier les défauts qui ſe trouvent dans cette Héroïde ; il y en a ſans doute plus que le Lecteur ne pourroit s'imaginer. Mais reçu à dix-huit ans dans une Société Littéraire de Paris, auſſi reſpectable par la qualité de ſes Membres que par leur profonde érudition, j'eſpère profiter de ſes leçons pour corriger les défauts inſéparables de mon âge.

Je ne cherche qu'à m'inſtruire , ce deſir eſt bien propre à m'attirer l'indulgence de tous ceux qui daignent encourager le germe des talens.

C'eſt à vous ſur-tout, Sexe aimable , qui faites à-la-fois le charme & le bonheur de la vie, que ſe recommande un jeune Auteur qui ne peut ni ne doit eſpérer qu'en vous ; il vous confie ſon ouvrage avec

assurance, persuadé que votre jugement lui
sera favorable, s'il est dicté par votre cœur.
Si l'on refuse à mon Héroïde des suffrages,
qui sans doute ne lui sont pas dûs, on ne
pourra du moins s'empêcher de louer mon
discernement. Pouvois-je choisir de meil-
leurs Juges du sentiment que celles qui le
font naître.

ARGUMENT.

DOM PEDRE, *inconsolable de la perte qu'il vient de faire, s'occupe de sa douleur ; il se rappelle d'abord le tems heureux où son cœur, libre encore, ne connoissoit pas la funeste passion qui le consume. Il développe ensuite l'histoire de ses Amours avec Inès : il songe aux jours heureux qu'il a passé avec elle, & ce souvenir plein d'amertume ne fait que l'affliger davantage. Au milieu de ces tristes pensées, une soudaine & heureuse illusion lui représente son Amante ; il croit la revoir, il lui adresse les plus tendres discours, comme si réellement elle étoit présente à ses yeux. L'illusion se dissipe par dégrés ; le malheureux Dom Pedre sent enfin que ce n'est qu'un songe ; il finit en conjurant l'Amour de le réaliser.*

DOM PÈDRE

A INÈS DE CASTRO.

En vain jusqu'à ce jour où mon fenfible cœur,
Puifa dans tes regards un poifon féducteur,
Aux traits du tendre amour toujours inacceffible,
A la feule amitié mon ame étoit fenfible :
Tu parus, belle Inès, & ton premier afpect
A-la-fois m'infpira l'amour & le refpect :
Des tranfports inconnus vinrent troubler mon ame,
Tous mes fens embrâfés d'une fubtile flâme,
D'un délire amoureux fentirent la douceur,
Et dans tes yeux, Inès, trouvèrent un vainqueur.
Dès-lors, tout occupé de l'objet qu'il adore,
Mon cœur cède fans peine au feu qui le dévore ;
Comme un torrent rapide, il s'accroît chaque jour,
Quoique Pèdre fentit qu'il aimoit fans retour.
Bien loin d'imaginer que l'amour eut des peines,
Il cheriffoit, que dis-je, il adoroit fes chaînes.
Hélas ! que n'a-t-il pu conferver fon erreur !
Deftin, Auteur cruel du trouble de mon cœur,
Au Trône de Lufus pourquoi me fis-tu naître ?
Ah ! bien loin d'afpirer à commander en Maître,
Je préfère à ce nom l'efclavage & les fers ;
Inès feule, eft pour moi plus que tout l'Univers.

Cependant accablé du trait qui me déchire,
De mon amour en vain je cherchois à t'inftruire.
Vingt fois à t'en parler ma bouche s'apprêta,
Sur mes lèvres vingt fois ma langue s'arrêta.
Lorfque l'on aime, hélas! Inès, qu'on eft timide;
Un Amant trop hardi, n'eft qu'un Amant perfide:
Tu lifois dans mes yeux, je lifois dans ton cœur,
Et je n'ôfois pourtant parler de mon ardeur.
Ainfi pendant long-tems s'exerça ma conftance:
Enfin, fûr de périr, en gardant le filence,
Je parlai, je te vis, par un retour heureux,
Sourire à mon amour, encourager mes feux.
Alors, dès ce moment, rempli de mille charmes,
Tout fembloit de mon cœur diffiper les alarmes;
Cependant, l'avourai-je? Inquiet, agité,
Mon cœur craignoit encor de s'être trop flatté.
Quand ce moment heureux, où j'afpirois fans ceffe,
Où le plus doux aveu couronna ma tendreffe,
Parut, & tout-à-coup diffipa mon erreur.
Contre l'amour en vain combattit la pudeur:
» Dom Pèdre, me dis-tu, fois heureux: oui je t'aime ».
Alors Pèdre, enyvré de fon bonheur fuprême,
Te ferra dans fes bras, te preffa fur fon cœur,
Et d'un Amant heureux favoura le bonheur.
Que vous paffâtes vîte, inftans remplis d'ivreffe,
Où de nos yeux couloient des larmes de tendreffe,
Où nos cœurs, au milieu d'un doux épanchement,
De s'adorer toujours fe faifoient le ferment.
Au fein des doux plaifirs d'une union parfaite,
Dom Pèdre étoit heureux, tu vivois fatisfaite:
Tous nos jours fe levoient fereins & radieux;
L'amour & le bonheur fe peignoient dans nos yeux.
Qu'êtes-vous devenus, jours heureux pleins de charmes,

Dont la perte à mon cœur a coûté tant de larmes ?
Ne reviendrez-vous plus pour calmer ma douleur ?
Et toi, si tu ne rends Inès à mon ardeur,
Amour, dès cet instant, j'abjure ton empire....
Que dis-je ! tendre objet pour qui mon cœur soupire,
N'en crois pas ton Amant, il n'oubliera jamais
Des nœuds qu'amour pour lui forma si pleins d'attraits.
Empreinte dans mon cœur, ton image éloquente
A mes yeux attendris sans cesse te présente.
Depuis l'instant fatal où le destin jaloux
Vint arracher mon cœur à des plaisirs si doux,
Je traînai loin de toi la plus triste existence :
Ces beaux lieux, qu'autrefois animoit ta présence,
Tout-à-coup ont perdu leurs charmes séduisans ;
Et les tendres oiseaux, dans nos bois languissans,
Interrompant pour toi leurs amoureux ramages,
Poussent des cris plaintifs sous nos tristes ombrages.
Flore, dans nos jardins, sensible à mes douleurs,
Semble de son empire avoir terni les fleurs :
La rose, à mes regards sans éclat, pâlissante,
Vers la terre a courbé sa tige languissante,
Et le Lis, ornement de ces bosquets obscurs,
Pour Dom Pèdre a perdu ses parfums les plus purs.
A mes tristes accens, Écho, plaintive Amante,
Écho, sent dans son cœur sa flâme renaissante ;
Et ses cris répétés au milieu des forêts,
Te rappellent en vain sous ces sombres bosquets.
Tendre Écho, retiens bien le nom de mon Amante ;
Puisse-tu, nuit & jour, de ta voix défaillante,
Prolonger les accens de mon cœur affligé !
Peut-être que ce gouffre, où je me vois plongé,
Pourra...... Mais quel espoir abuse ma tendresse ?
Mon père ! c'est à toi que mon amour s'adresse.
Si le Maure, expirant sous ton glaive vainqueur,

Rendit , plus d'une fois , hommage à ta valeur ;
Si du juſte opprimé tu ſervis la vengeance ,
Daigne accorder auſſi la vie à l'innocence ;
Puiſſe un Amant en pleurs, puiſſe un fils te fléchir!
Barbare ! quoi , ce nom ne ſauroit t'attendrir ?
O pleurs ! ô déſeſpoir ! ô triſteſſe impuiſſante !
Que deviendrai-je , hélas ! ſéparé d'une Amante ?
Dans quels lieux iſolés porterai-je mes pas ,
Qui n'offrent à mon cœur un objet plein d'appas ?
Ces boſquets , ces Jardins , cette rive fleürie ,
Semblent me préſenter une Amante chérie :
Tout , juſqu'au ſouvenir de nos jeux innocens ,
En rallumant ma flâme irrite mes tourmens.
Ainſi donc adorant un ſi doux eſclavage ,
Dom Pèdre dans ſon cœur conſerve ton image.
Oui c'eſt toi , chère Inès , qu'appelle ton Amant ,
C'eſt toi qu'à chaque jour , c'eſt toi qu'à chaque inſtant,
Au Ciel importuné redemande ma flâme !
Dans les tranſports brûlans qui conſument mon ame ,
Rien n'a pu juſqu'ici ſoulager ma douleur :
Les plus cuiſans ſoucis & le chagrin rongeur ,
Exercent dans mes ſens le plus affreux ravage ;
Pèdre , loin de gémir d'un ſi dur eſclavage ,
Semble occupé ſans ceſſe à reſſerrer ſes nœuds ;
Il ſoupire , il t'appelle ; il eſt moins malheureux :
Arroſé de ſes pleurs , qu'il leur trouve de charmes ,
Quand il ſonge à l'objet qui fait couler ſes larmes !
C'eſt ainſi que mon cœur chériſſant ſes ennuis,
Juſques dans les horreurs des plus profondes nuits ;
Au coucher du Soleil , au lever de l'Aurore ,
Croit ſans ceſſe revoir l'Amante qu'il adore.
Tout ſemble conſpirer à tromper mon amour :
Que dis-je ! en cet inſtant ; ô trop fortuné jour !
Eſt-ce une illuſion qui m'abuſe & m'enchante ?

Est-ce toi, chère Inès ? est-ce-toi , tendre Amante ?
Puis-je encor te preſſer ſur mon cœur palpitant ?
Reſſens-tu tous les feux dont brûle ton Amant ?
Amour , c'en eſt donc fait , tu finis mon martyre ;
De mes ſens égarés ce n'eſt plus un délire....
Inès , oui c'eſt bien toi que je ſerre en mes bras....
O jour de mon bonheur ! ô moment plein d'appas...
Quoi ! je vaïs t'embraſſer , tendre objet de ma flâme,
Reſpirer tous les feux qui conſument ton ame.
Enfin l'Amour te rend à ma brûlante ardeur ;
Tout ce que je reſſens va paſſer dans ton cœur.
Dans mes yeux enflammés tu pourras lire encore
Mes tranſports , & l'ardeur du feu qui me dévore :
A ces traits pourras-tu méconnoître un Amant.....
Mais quel trouble ſecret ! ciel , quel tranſport brûlant !
Mon ame ſecondant ton ardeur & la mienne,
Sur des aîles de feu s'élance dans la tienne,
Se mêle , ſe confond , & goûte dans ce jour ,
Ce qu'un délire heureux peut permettre à l'amour.....
Mais quel ſoudain revers ! En vain ma main tremblante
Veut preſſer ſur mon ſein ma fugitive Amante....
Quoi! tu t'échapperois à mes embraſſemens ?
Cruelle ! ah ! connoîs mieux ma flâme & mes tourmens....
Arrête ; à tes genoux Dom Pèdre t'en ſupplie.
Si tu fuis ton Amant , c'en eſt fait de ſa vie :
Conſidere du moins.... Quoi ! rien ne te fléchit.....
Tu pars ? Ciel ! Pèdre expire , & ſon ame te ſuit.
Chère Amante, attends-moi , daigne accorder encore
Cette unique faveur à celui qui t'adore.
Je ne rappelle point ces mutuels ſermens
Que l'amour nous dictoit dans ces heureux momens,
Lorſque nos cœurs , plongés dans un tendre délire,
Sembloient, dans leurs regards, confondre leur martyre.
Ingrate ! ces doux nœuds , tu les as tous rompus,

Ces inſtans fortunés pour jamais ſont perdus.
Ce n'eſt plus comme Amant que ma flâme t'implore ;
Quoi ! me punirois-tu de ce que je t'adore ?
Ah ! ſi mon déſeſpoir peut encor t'attendrir ,
Vois du moins à tes pieds ton tendre Amant périr !
Arrête........ Mais le Ciel me ravit mon Amante ,
Rien ne peut retenir mon ame languiſſante.
Je me meurs...... Ciel.... Où ſuis-je ? O preſtige trompeur !
Chère Inès , qui pourra te rendre à mon ardeur......
Mais plutôt, douce erreur, non , tu n'es qu'un vain ſonge
A mes yeux éblouis , diſparois, vain menſonge....
Que dis-je ? ah ! viens encor , viens, fantôme charmant !
Abuſer mon amour; ne fut-ce qu'un moment.....
Toi qui règne au couchant , toi qui règne à l'Aurore,
Puiſſant Amour , c'eſt toi que ma tendreſſe implore ;
Toi ſeul peux diſſiper le trouble de mon cœur ;
Et me rendant Inès, me rendre le bonheur.
Hélas ! quel autre Amant , de ta pitié plus digne ,
Mérita, plus que moi, cette faveur inſigne !
Si jamais, entraîné par d'inconſtans deſirs,
Pèdre , à d'autres Beautés adreſſa ſes ſoupirs,
S'il porta d'autres fers que ceux de ſon Amante,
Juſte Dieu, punis-moi , mon ame obéiſſante
S'offrira, d'elle-même, à ton courroux vengeur;
Mais ſi mon cœur conſtant mérita ta faveur,
Fais renaître pour moi ce jour ſi plein de charmes,
Où l'objet de mes vœux , baigné de douces larmes,
Par un tendre baiſer couronna nos amours.....
Moment qui dans mon cœur eſt gravé pour toujours,
Faut-il te rappeller à mon ame attendrie ;
Avant que d'embraſſer cette Amante chérie,
Lorſque je m'approchai, mon ſang bouillant d'ardeur
Vers un baiſer ſi doux, précipita mon cœur.
D'avance ſavourant mille douceurs charmantes,

Mon ame s'élança fur mes lèvres brûlantes......
Et mon cœur épuifé d'un excès de plaifir,
Ne laiffoit à mes fens que le dernier foupir.
Trop heureux mille fois , ô fort digne d'envie,
Si, preffé dans fes bras, j'euffe rendu la vie ;
Si, pâmé de plaifir, fur fa bouche expirant ,
J'euffe pu, tout-à-coup, mourir en l'embraffant....,
Hélas! c'eft à toi feule de couronner ma flâme ;
Amour, porte à l'objet qui règne fur mon ame
Le gage non douteux des tourmens de mon cœur.
Peins-lui mes doux tranfports, peins-lui ma vive ardeur...
Dis-lui que fon Amant, que ce cœur qui l'adore
Nourrira dans fon fein le feu qui le dévore ;
Et du tendre Dom Pèdre , Interprète éloquent,
Vas jurer à fes pieds l'Amour le plus conftant.